Mystère dans l'escalier

Une histoire écrite par Frédérique Ganzl
illustrée par Boiry

mes premiers j'aime lire
BAYARD POCHE

Chapitre 1
Amélie dit toujours oui

Amélie habite au sixième étage d'un immeuble de la rue du Paradis. Dans la vie d'Amélie il n'y a pas de soucis. Amélie dit toujours oui ! Oui aux dictées, oui aux épinards, oui au solfège.

Pourtant, il y a une chose qu'elle n'aime pas du tout, et cette chose, c'est descendre la poubelle. Car Amélie déteste les escaliers grinçants, la cour sombre et glacée de l'immeuble et l'odeur des ordures.

Or, tous les soirs après le dîner, qu'il pleuve ou qu'il vente, la maman d'Amélie dit :

– Ma chérie, il est l'heure de descendre la poubelle.

Et, tous les soirs, Amélie répond :

– Mais je suis déjà en pyjama !

La maman d'Amélie insiste :

– Ma chérie, enfile ton manteau sur ton pyjama.

– Mais je n'ai pas fait mes devoirs !

– Amélie, ma chérie, tu les feras tout à l'heure. Descends vite !

– Bon, bon, je descends, dit Amélie.

Ainsi va la vie pour Amélie.

Un soir, comme tous les autres soirs, Amélie prend la poubelle, elle sort sur le palier. Elle descend les marches de l'escalier une par une. La voilà au cinquième étage. Tout à coup, elle entend une voix. Pourtant, il n'y a personne sur le palier.

Amélie ralentit. Une porte est entrouverte. C'est la porte de la mère Murdoch !

Chapitre 2

Une descente effrayante

Amélie s'est arrêtée devant la porte entrouverte. Elle entend la mère Murdoch qui marmonne :

– Un peu d'algues décomposées, trois graines de soja, une pincée de crabe, je touille et je ratatouille... Hé, hé !

Amélie frissonne de terreur : « Quelle horreur ! »

La mère Murdoch murmure :

– Hé, hé ! Je lui coupe la tête et la queue, et je lui arrache la peau, puis je l'ébouillante... Voilà qui est fait ! Ensuite, je le découpe en petits morceaux. Hé, hé, il est cuit à point !

Amélie en est sûre, la mère Murdoch est une sorcière. D'ailleurs, Amélie l'a toujours trouvée horrible avec son sourire édenté et sa verrue sur le nez.

Elle se dit : « La mère Murdoch pourrait bien m'attraper et m'ébouillanter à mon tour, me touiller, me ratatouiller et me découper en petits morceaux ! Filons avant qu'il ne soit trop tard ! »

Vite, Amélie dévale l'escalier jusqu'au rez-de-chaussée. Et là, que se passe-t-il ? La lumière s'éteint ! Amélie est dans le noir.

– De mieux en mieux ! soupire-t-elle.

Elle avance à tâtons le long du mur glacé, puis elle se prend les pieds dans le tapis. Enfin, voici la loge de la concierge.

Amélie entend des ronflements :

– RRRrrr !

La concierge dort. Amélie ronchonne* :

– On ne peut vraiment compter sur personne !

* Elle parle en montrant sa mauvaise humeur.

La cour n'est qu'un grand trou noir. Tout autour, les fenêtres font comme des yeux qui surveillent Amélie.

Vite, elle traverse la cour sans regarder à gauche ni à droite. Au fond, tout au fond, se trouvent les poubelles.

« Ouf ! Sauvée ! » pense Amélie.

Elle s'approche des poubelles en se bouchant le nez.

Tout à coup, un couvercle se met à remuer... Puis, patatras ! il dégringole sur le pavé. Amélie tremble de peur. Ses dents font clac ! clac ! Ses genoux font cling ! cling ! Et ses cheveux se dressent sur sa tête.

Chapitre 3

Drôle de rencontre

À cet instant, deux petites oreilles roses sortent de la poubelle.

– Miaou ! Miaou !

– Ça alors, un chat, ici ! dit Amélie.

Eh oui, un petit chat se dresse devant Amélie, un tout petit chat rayé gris et noir, avec des pattes blanches.

Amélie veut le rassurer :

– Viens ici, mon minou !

Le chat disparaît derrière une poubelle. Amélie s'approche sur la pointe des pieds :

– Minou, miaou !

Silence... Soudain, un éclair gris et noir traverse la nuit.

– Ah ! Te voilà, petit chat ! crie Amélie.

Elle plonge dans sa direction sans hésiter. Mais elle glisse sur une peau de banane et elle se retrouve le nez sur le pavé.

– Zut ! Et rezut ! J'en ai marre de toi, petit chat !

À cet instant, une, deux, trois, quatre pattes blanches sortent de l'ombre. Puis deux oreilles, un petit nez tout rose et une belle moustache grise. Le petit chat saute dans les bras d'Amélie, et il se met à ronronner aussitôt.

Amélie décide :

– Minou, puisque tu es gris et noir, je te baptise Petit-Rayé. À partir d'aujourd'hui, tu es à moi.

– Miaou ! répond Petit-Rayé.

Amélie caresse le chat :

– Je sais, tu as faim et froid.

– Miaou ! Miaou ! fait Petit-Rayé.

– Je vais t'emmener chez moi. Mais il ne faudra pas avoir peur au cinquième étage, il y a une horrible sorcière. Je suis sûre qu'elle mange les petits chats. Heureusement, je suis là pour te défendre.

Amélie vide sa poubelle, elle traverse la cour, elle remonte les escaliers en serrant son petit chat rayé contre son cœur.

Chapitre 4

Sauvé !

Amélie arrive au cinquième étage. Elle retient sa respiration, elle marche à pas de loup. Elle chuchote à l'oreille du chat :

– Plus qu'un étage, et nous serons sauvés, mon tout petit rayé.

Soudain, une porte s'ouvre, et la mère Murdoch surgit sur le palier. Elle crie :

– Garnement ! Si je t'attrape, je te... Oh !

La mère Murdoch vient d'apercevoir

Amélie et son chat. Elle a un sourire affreux qui donne la chair de poule à Amélie. Elle dit :

– La petite du sixième ! Ah ! Tu me ramènes mon chat ! Il se sauve tout le temps, et je n'ai plus l'âge de lui courir après. Voilà sa mère, la grande grise.

Une chatte grise sort à son tour de l'appartement, et elle se met à miauler sévèrement contre Petit-Rayé.

La mère Murdoch dit :

– Tu vois, elle le gronde... Est-ce qu'il te plaît ?

– Oui, dit Amélie dans un souffle.

La mère Murdoch ajoute :

– Alors, il est à toi, je te le donne. La grande grise me suffit. Mais, je te préviens, pour la nourriture, ce petit chat est difficile.

– Il ne mange que des tartines de confiture ? demande Amélie.

– Non, il mange du poisson que je prépare entièrement moi-même et un mélange spécial plein de vitamines.

Amélie a envie de rire :

– Je sais : un peu d'algues décomposées, du crabe, des graines de soja...

La mère Murdoch est stupéfaite. Amélie la remercie, et elle grimpe en vitesse jusqu'au sixième étage.

La maman d'Amélie est un peu étonnée :

– Mais qu'est-ce que tu me ramènes ?

Amélie déclare :

– Je te présente Petit-Rayé, et si tu n'en veux pas, nous dormons sur le palier.

La maman d'Amélie n'a pas le choix. Elle ouvre sa porte au petit chat.

Le lendemain, Amélie est tout à fait d'accord pour descendre la poubelle. Sa maman lui dit :

– Décidément, Amélie, tu n'auras jamais fini de m'étonner !

Amélie répond :

– Je me dépêche, la mère Murdoch m'attend ! On doit préparer des sardines grillées pour Petit-Rayé.

Et elle fait un clin d'œil à son chat :

– La mère Murdoch n'est pas une sorcière ! C'est une fée, n'est-ce pas, Petit-Rayé ?

Sixième édition

Dépôt légal : septembre 2003
ISBN : 978-2-7470-1103-7
Loi du 16 juillet 1949 sur les publications destinées à la jeunesse.

Achevé d'imprimer en mai 2007 par Oberthur Graphique
35000 RENNES – N° Impression : 7739
Imprimé en France